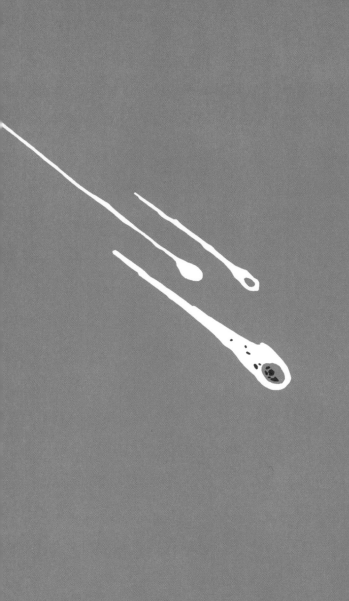

김태호 글 ∘ 최지수 그림

사□계절

일
퍼
센
트

이른 아침, 우리 가족은 지칠 대로 지쳐서 집으로 돌아왔다. 어둠에 잠긴 계단을 조심스럽게 내려가자 센서등의 노란빛이 우리를 반겨주었다. 불빛이 안내하는 계단 맨 아래 반지하가 우리 집이다.

현관문은 반쯤 열려 시커먼 속을 드러내고 있었다. 우린 급하게 집을 떠나느라 문도 잠그지 못했다. 눅눅한 곰팡이 냄새가 반가운 건 처음이었다.

"따각! 딱!"

문 옆 벽에 달린 스위치를 눌렀다. 역시나 전기는 들어오지 않았다. 문이 열려 있어도 지하 방의 어둡고 차가운 기운은 빠져나가지 못했다. 아무것도 보이지 않았지만, 신발을 벗고 더듬더듬 거실 바닥에 드러누웠다. 지친 몸은 바닥에 달라붙어 땅 밑으로 녹아내렸다. 그대로 우린 잠들어 버렸다.

눈을 뜨니 오후 2시였다. 잠들기 전 어둠은 그대로 방 안에 남아 있었다. 어둠에 익숙해지며 주위가 눈에 들어왔다. 옆에 누워 있는 엄마가 몸을 뒤척였다. 아빠는 휴대 전화를 들고 집 안 이곳저곳 전파를 찾아다녔지만, 이미 어제부터 먹통이었다.

전화는 손전등으로 제 역할을 대신했다. 아
빠가 작은 방을 뒤져 네모난 상자를 들고 거실
로 돌아왔다. 상자는 라디오였다. 라디오가 우
리 집에 있었다는 걸 처음 알았다. 건전지를
찾아 새 걸로 바꾸자 "치직 치지지직." 소리가
들려왔다. 주파수를 바꿀 때마다 끊어질 듯 이
어지던 목소리가 어느 순간 또렷이 잡혔다.

"21일 4시간 15분 남았습니다."

라디오에서 건조한 기계음이 들렸다. 지하
철 정차 역을 알려 주듯 5분마다 지구 최후의
날을 카운트다운하고 있었다.

한 달 전, 정부는 긴급 뉴스로 인류의 마지막을 예고했다. 종말의 원인은 운석이었다. 지름이 10킬로미터도 넘는 운석이 엄청난 속도로 지구를 향해 다가오고 있었다. 우리 문명은 돌덩이 하나 막아 낼 능력이 되질 않았다. 운 좋게 운석이 지구를 비켜 갈 확률은 일 퍼센트도 되지 않는다는 것이 정부의 공식 입장이었다. 인간이 지구에 살아남을 가능성도 일 퍼센트였다.

TV나 라디오로 전해 들은 운석에 관한 소식은 도무지 믿어지지 않았다. 영화의 한 장면을 보고 있는 듯한 착각이 들 뿐이었다. 다 거짓말이라 생각했다.

모든 게 사실이라는 걸 확인하게 된 건 이틀

전 새벽이었다. 거대 운석에 앞서 날아온 부스러기 작은 운석들이 세계 곳곳에 떨어져 내렸다. 그중에 몇 개가 서울 한강과 도심을 강타했다.

"쿵! 쿠구구궁."

도시를 뒤흔든 폭음과 진동은 잠자던 나를 벌떡 일으켜 세웠다. 천장에 금이 가고 돌 부스러기들이 떨어졌다. 놀란 우리 가족은 지하방을 맨발로 뛰쳐나왔다.

골목엔 자다가 놀라서 거리로 나온 사람들로 가득했다. 모두 하늘을 올려다보고 있었다. 검푸른 새벽하늘에 하얀 생채기를 남기며 운석들이 연이어 떨어졌다.

"쿠궁, 번쩍!"

다시 불꽃놀이가 펼쳐지고 땅이 흔들렸다. 나는 공포에 휩싸여 맨바닥에 주저앉았다. 저절로 눈이 감기고 두 손이 모아졌다. 살려 달라는 기도가 터져 나왔다.

"에에엥."

경고음과 함께 대피소로 대피하라는 방송이 도시 곳곳에 설치된 스피커를 통해 울렸다. 우리 가족은 휴대 전화와 신분증 등 중요한 물건만 챙겨 대피소로 달려갔다.

늘 다니던 공원 근처에 지하 대피소가 있었다. 대피소는 조금 더 안전하고 전기가 들어온다는 것만 빼면 집보다 나은 게 없었다. 주위를 둘러보니 아빠와 함께 일하는 김씨 아저씨도 보였다. 아저씨는 혼란한 상황에 다리를 다쳐 꼼짝달싹하지 못했다. 혼자 사는 아저씨는 마지막을 가족과 함께 보낼 수 있어 좋겠다며 우리를 부러운 눈으로 바라봤다.

대피소에는 많은 사람이 모여 있고, 사방이 밀폐된 탓에 가만히 있어도 숨이 턱턱 막힐 정도였다. 먹을 물도 부족해서 씻는 건 생각조차 못 했다. 게다가 오물까지 여기저기 나뒹굴었다. 답답함에 하나둘 대피소를 떠나는 사람들이 늘어났다.

우리 가족도 그중 하나였다. 다친 김씨 아저씨와 마지막이 될지도 모르는 인사를 나누고, 우리는 도망치듯 집으로 돌아왔다.

"밥 먹자."

아빠가 말했다. 그러고 보니 하루 동안 아무 것도 먹지 못했다. 대피소에서 어제저녁에 나온 컵라면과 빵을 먹은 게 다였다.

"탁! 탁!"

아빠는 가스 불과 전등 스위치를 켜 보았다. 불이 안 들어올 걸 알면서도 몇 번씩 다시 확인했다. 그러더니 뭔가 생각이 났는지 아빠는 밖으로 나갔다. 잠시 뒤 다시 돌아온 아빠의 손에는 복도에 달아 놓았던 센서등이 들려 있었다. 건전지로 작동하는 센서등이 방 안을 따뜻하게 밝혀 주었다. 아무도 없는 지하 방에 들어올 때 나를 늘 반겨 주던 센서등이었다.

엄마가 일어나더니 싱크대 밑에 넣어 두었

던 휴대용 버너를 꺼냈다. 가끔 고기를 구워 먹을 때 쓰던 버너는 어느새 붉게 녹슬어 있었다. 세 사람뿐인데도 가족이 함께 모여 밥을 먹은 게 언제였을까? 기억이 나지 않는다.

아빠와 엄마는 매일 바빴다. 불평을 늘어놓으면 조금만 더 참자는 말만 늘 반복했다.

"타다다다닥, 탁!"

버너를 켰다. 점처럼 작은 파란빛이 번쩍이더니 이내 동그랗게 불꽃이 일어났다. 녹이 슬었어도 버너는 아직 쌩쌩했다.

아빠는 전기밥솥을 열고 손가락으로 밥알을 집어 먹었다. 이틀 전 해 놓았던 밥이지만, 아직 먹을 만한지 고개를 끄덕였다. 아빠는 냉장고에서 김치를 꺼냈다. 전기가 나간 탓에 그새 김치는 거품이 일고 시큼한 냄새가 났다. 김치를 적당한 크기로 썰어 달궈진 냄비에 넣었다.

"치이이익, 치직!"

김치를 볶고 물을 넣은 뒤 참치 캔 하나를 다 쏟아 넣었다. 방 안은 금세 매콤하면서 구수한 찌개 냄새로 가득 찼다.

엄마는 밥상에 하얀 김이 올라오는 김치찌개를 올리고, 나는 그 주위로 마른반찬 몇 가지를 놓았다. 아빠는 차갑게 식어서 떡처럼 뭉텅이진 밥을 세 덩이로 나눴다. 오랜만에 세 식구가 밥상에 마주 앉아 밥을 먹었다. 아빠가 먼저 뜨거운 김치찌개를 찬밥 위에 크게 덜어 숟가락으로 콕콕 찍었다. 밥알 사이로 빨간 물이 배어들었다. 적당히 촉촉해진 밥과 찌개를 숟가락에 가득 퍼 올려 한입에 넣었다.

"쓰읍, 후후흡."

아빠는 입을 벌리고 뜨거운 김을 뱉어 내며 숟가락으로 찌개를 가리켰다. 어서 먹어 보라는 손짓이었다. 나도 크게 한입 넣고 우물거렸다. 맛있었다. 배가 고픈 탓도 있지만, 가족이 다 함께 먹으니 정말 맛있었다. 우리는 쉴 새 없이 숟가락을 움직였다. 찌개 냄비는 오래 버티지 못하고 곧 바닥을 드러냈다.

"내일 지구가 망해도 우린 김치찌개를 먹는다."

아빠가 혼잣말을 하고 혼자 웃었다. 웃긴 말도 웃을 상황도 아니었지만, 이상하게 나도 웃음이 터졌다. 웃지 말아야 한다고 생각할수록 웃음은 더 쏟아졌다. 고개를 숙이고 버티던 엄마도 "품!" 하고 밥알을 쏟아 냈다. 가족이 함께 웃는 것도 참 오랜만이었다.

"이렇게 살았어야 했는데……."

떠들썩하게 웃던 아빠가 갑자기 숟가락을 내려놓고 고개를 숙였다. 그러더니 손등으로 슬쩍 눈물을 훔쳤다. 엄마가 내 머리를 쓰다듬으며 말했다.

"지후야, 미안하다. 그동안 매일 혼자 밥 먹게 해서."

엄마의 눈도 촉촉해졌다.

"앞으로 남은 시간은 함께 잘 보내자."

"그래, 우리 가족은 절대 떨어지지 말고 꼭 붙어 있자."

아빠는 빨갛게 충혈된 눈으로 도장을 찍듯 나와 눈을 마주쳤다. 아빠가 억지로 웃으며 말했다.

"우린 부자야. 평생 먹고살 게 있잖아."

집에 쌀은 넉넉했다. 반찬은 몇 가지 마른반찬과 김치로 충분했다. 수도가 끊겼지만, 그것도 걱정 없었다. 아빠는 생수 배달 대리점을 한다. 창고가 부족해 임시로 작은 방 가득 생수병을 쌓아 놨다. 우리 식구가 일 년을 먹어도 남을 양이었다.

우리는 집에서 꼼짝도 하지 않은 채 이틀을 보냈다. 아빠는 계속 라디오를 끼고 앉아 있었다. 바깥소식을 들을 수 있는 건 라디오뿐이었다. 변함없이 마지막 날을 향한 카운트다운은 계속되었다.

아빠는 라디오 채널을 돌려 댔다. 가끔씩 누군가의 목소리가 잡혔고, 새로운 소식이 들려왔다. 지지직거리며 끊어져 잘 알아들을 수는 없었지만, 희망적인 소식보단 부서지고 불타는 사건 사고에 대한 얘기였다. 떨어진 운석이 높은 수치의 방사능을 포함하고 있어서 물이 오염되었다는 정보도 있었다. 어차피 수돗물은 나오지 않으니 상관없다. 누군가는 모든 게 음모라며 속지 말라는 메시지를 전했다.

밤이 되자 조용하던 골목은 뛰어다니는 발소리로 소란스러워졌다. 반지하 작은 창으로 내다보니 사람들이 커다란 TV 박스를 끌고 가거나 컴퓨터, 라면 박스, 생수병 등 각종 물건들을 품에 안고 뛰어다녔다. 말로만 듣던 약탈과 방화가 일어났다.

시간이 지나니 집에 부족한 게 생겼다. 불을 피울 가스가 필요했다. 아빠는 현금과 돈이 될 만한 보석을 챙겨 배낭 깊숙이 넣었다. 혹시 몰라 2리터 생수병 여섯 개 묶음 팩도 어깨에 들쳐 메고 일어섰다.

"부탄가스 좀 구해 올게."

나는 현관으로 향하는 아빠 앞을 막아섰다.

"아빠, 나도 갈래. 우리 이제 절대 떨어지지 않을 거라며."

나도 가방에 작은 생수병 몇 개를 챙겨 넣고

서둘러 신발을 신었다.

"여보, 다 같이 가자. 그사이 무슨 일이라도 생기면 어떡해."

엄마도 배낭을 메고 모자를 눌러썼다.

우리는 함께 집을 나섰다. 우리의 목적지는 집에서 가장 가까운 지하철역이었다. 라디오에서 지하철역마다 물건을 거래하는 곳이 생겼다는 소식을 들었기 때문이다.

거리에 사람은 많지 않았다. 문을 연 가게는 없었고, 마트 건물에서 검은 연기가 솟고 있었다. 거리에 지나다니는 사람들이 우리를 힐끔거렸다. 그중 몇몇이 따라오는 것 같았다. 나는 불안감에 아빠 옆에 바짝 달라붙었다.

지하철역 근처에 다다르자 낯익은 얼굴이

보였다. 처음엔 누군지 못 알아보았다. 건물과 건물 사이 어둡고 비좁은 공간에 두 아이가 있었는데, 자주 보던 캐릭터가 그려진 후드 티가 눈길을 잡았다. 친구들과 함께 우리 집에도 놀러 왔던 같은 반 소미였다.

소미와 눈이 마주쳤다. 소미는 얼굴에 검붉은 반점이 가득 생겨나서 못 알아볼 정도로 변해 있었다. 알은체를 할까 말까 망설일 때, 소미가 먼저 칭얼대는 동생을 데리고 더 안쪽으로 숨어 버렸다. 내가 별로 반가운 것 같지 않았다.

지하철역 안은 물건을 거래하려는 사람들로 제법 북적였다. 우리는 기둥 한쪽에 자리를 잡고 섰다. 사람들의 시선이 자꾸 우리에게 쏠렸다. 아빠는 꼼짝 말고 있으라는 말을 남기고 부탄가스를 구하러 갔다. 엄마와 나는 생수병 묶음 팩을 앞에 두고 쪼그려 앉았다.

힐끔거리던 사람들이 하나둘 우리 곁으로 모여들었다. 이상한 건 몇몇 사람들을 제외하곤 모두 얼굴에 검붉은 반점이 있다는 것이었다. 숫자는 금방 늘어나서 우리를 두 겹으로 촘촘하게 둘러쌌다. 사람들은 담벼락처럼 버티고 서서 우리를 내려다보았다. 당황한 엄마가 나를 황급히 껴안았다.

"그거 팔 거요?"

흰 양복을 깔끔하게 차려입은 노인이 사람들 틈을 비집고 나와 물었다. 노인의 지팡이가

생수를 가리켰다. 엄마는 생수를 몸 가까이로
끌어당겼다.

"제가 살게요."

덩치 큰 남자가 노인 앞으로 끼어들었다. 머
리를 질끈 뒤로 묶은 남자의 얼굴은 온통 검붉
었다. 남자는 빨갛게 충혈된 눈으로 생수병만
노려보았다.

"내가 먼저야."

노인이 지팡이를 흔들어 남자를 위협했다.
남자는 눈 하나 깜짝하지 않고 날렵한 동작으
로 지팡이를 잡아챘다. 지팡이는 공중을 날아
바닥에 내동댕이쳐졌다.

"내 거야."

버팀목 같던 지팡이를 잃은 노인이 바닥에

쓰러지며 생수병을 잡았다.

그 순간, 체면과 눈치로 버티던 사람들 간의 균형이 깨졌다. 서로 자기가 먼저라며 생수병을 향해 달려들었다. 담벼락이 무너져 내리는 것처럼 보였다.

엄마는 생수병을 빼앗기지 않으려고 온몸으로 잡고 버텼다. 여러 사람이 두꺼운 비닐팩을 한꺼번에 잡아당겼다. "픽!" 소리와 함께 비닐팩이 뜯기고 생수병들이 바닥에 나뒹굴었다. 생수병을 차지하려고 사람들이 마구 뒤엉켰다.

"이게 지금 뭐 하는 짓입니까?"

아빠였다! 그러나 아빠 목소리는 사람들 아우성 속에 금방 묻혀 버렸다. 아빠가 우리 쪽으로 다가왔다. 소란한 틈에 누군가 엄마의 배낭도 빼앗아 가려 했다. 배낭을 놓치지 않으려던 엄마는 그대로 사람들 속으로 끌려갔다.

"여보!"

아빠가 엄마의 손목을 잡고 버텼다. 여기저기서 비명 소리가 터져 나왔다.

"지후야, 집에 가! 먼저 가 있어!"

아빠가 소리쳤다. 함께 있고 싶어도 어른들에게 떠밀려 점점 멀어졌다.

어느새 나는 소란한 무리에서 떨어져 나왔다. 사람들 틈을 비집고 다시 들어갈 순 없었다. 이제 어쩌지? 멍했다. 그때 노인과 다퉜던 머리를 묶은 남자와 눈이 마주쳤다. 남자는 짙은 눈썹을 찌그러트리더니 사람들을 가르며 내게 다가왔다. 왜지? 다가오는 이유는 알 수 없지만, 도망쳐야 할 것 같았다.

나는 계단 쪽으로 뛰었다. 동시에 누군가 등에 멘 내 가방을 움켜쥐었다. 가방과 함께 내 몸이 뒤로 끌려갔다.

여러 사람이 내 가방을 노렸다. 사람들 다툼에 내 몸은 이리저리 휩쓸리다 한순간 바닥에 내동댕이쳐졌다. 덕분에 가방을 잡고 있던 손에서 풀려났다. 지금이 아니면 도망칠 수 없다는 게 본능적으로 느껴졌다. 딱딱한 바닥을 무릎으로 기어서 혼란한 곳을 빠져나와 계단으로 뛰었다. 계단을 오르는데 빠르고 묵직한 발소리가 따라왔다. 멀리 도망가지 못할 것 같았다. 나는 소미가 숨어 있던 비좁은 골목을 떠올렸다.

지하철역 밖으로 나오자마자 골목으로 숨어
들었다. 몇몇 사람들이 골목을 지나쳐 달려갔
다. 나는 벽에 기대어 철푸덕! 주저앉았다. 겨
우 숨을 돌리고 골목 안쪽을 확인했다. 소미는
여전히 거기 있었다. 나와 눈이 마주치자 흠칫
놀라 후드 티에 달린 모자를 깊게 눌러썼다. 골
목에는 한동안 나의 가쁜 숨소리만 가득했다.

엄마와 아빠는 괜찮을까? 조금 안정이 되자
걱정이 몰려왔다. 여기 이대로 있을 수 없었
다. 빨리 집에 가야 했다.

"언니, 아빠 언제 와? 나 목말라."

소미 동생이 유난히 큰 눈을 깜박였다. 동생
의 얼굴은 흰 버짐과 반점 그리고 지저분한 때
가 뒤엉켜 꾀죄죄했다. 소미 아빠도 뭔가 구하

러 지하철역에 간 모양이었다.

갑자기 뒤엉킨 사람들의 혼란스러운 모습이 떠올랐다. 나는 몸을 일으키려다 그제야 등에 멘 가방의 무게를 느꼈다. 묵직한 가방 속에 생수가 있었다.

고개를 돌려 소미와 눈을 맞추고 가방에서 생수병 한 개를 꺼냈다. 한 개만 주려다 가방째 벗어 바닥에 내려놓았다.

"소미야, 이거 동생 줘!"

소미에게 가방 안에 생수병이 든 걸 확인시켜 주고, 그대로 골목을 달려 나왔다.

집에 돌아와 현관문을 잠그고 주저앉았다. 온몸이 땀으로 흠뻑 젖어 있었다. 정신없이 달려온 탓이었다. 엄마와 아빠가 더더욱 걱정되었다. 언제쯤 돌아올까 초조하게 기다렸다. 올 시간이 한참 지났는데도 소식은 없었다. 혼자 도망치는 게 아니었는데 후회가 밀려들었다.

"쿵! 쿵! 쿵!"

30분 정도 지났을까. 현관문이 부서질 듯 흔들렸다.

"아빠야, 빨리 문 열어."

뭔가에 쫓기는 것 같았다. 깜짝 놀라 현관 앞으로 달려갔다. 문을 열자 엄마와 아빠는 몸을 추스르지 못하고 거실 바닥에 쓰러졌다. 옷은 여기저기 찢겨 있었고 얼굴엔 피가 묻어 있었다. 급하게 수건을 들고 주방으로 달려가 물을 틀었다. 물이 안 나온다는 것을 깜박했다. 나는 생수병을 새로 따려고 했다.

"안 돼."

아빠가 힘겹게 일어나 생수병을 빼앗았다. 그리고 곧 웃기 시작했다. 들릴 듯 말 듯하던 웃음은 금방 커다란 소리로 바뀌었다.

"하하하. 다 뺏겼어. 사람들이 달려들어서 생수를 다 훔쳐 갔다고. 푸하하하."

미친 사람처럼 웃어 대는 아빠를 보며 내 몸은 굳어 버렸다.

"당신 왜 그래?"

목이 타는 듯 엄마가 생수를 벌컥벌컥 마셨다. 아빠는 얼른 손을 뻗어 엄마의 물을 빼앗았다.

"귀한 물 아껴!"

아빠는 갑자기 뭔가 생각난 듯, 현관문으로 달려갔다. 닫힌 문을 다시 확인하고 이중 잠금 장치를 걸었다. 아빠는 그것도 불안한지, 망치로 나무 문에 못을 박고 철사로 돌돌 말아 한 번 더 잠갔다. 아빠의 눈도 얼굴도 모두 빨개졌다.

"지금 사람들한테 제일 중요한 게 뭔지 알아? 금도 아니고 돈도 아니고 물이야, 물. 물이 없으면 운석이 떨어지기도 전에 죽을 거야."

아빠는 작은 방에 가득한 생수들을 보며 다시 한번 큰 소리로 웃었다.

"물은 한강에 넘치잖아!"

내가 말했다.

"운석이 얼음 운석이었대. 알 수 없는 방사

능 얼음이 한강에 녹아내려서 지하수까지 다 오염됐나 봐. 사람들 얼굴에 검붉은 반점이 난 게 그 탓이래. 아무것도 없는 사람들은 그런 물이라도 먹겠지. 하지만 내일 당장 죽어도 더러운 물을 삼키고 싶지 않은 사람들이 있어. 그 덕에 물이 귀해진 거야. 금보다 말이다."

골목에서 발소리가 들렸다. 아빠는 검지로 입을 가리고 조심스럽게 밖을 경계하며 소곤거렸다.

"어쨌든 우린 이제 부자야. 지금 세상에서 제일 필요한 걸 이렇게 많이 가지고 있잖아!"

아빠는 작은 방 가득 쌓여 있는 생수병들을 가리켰다.

"어차피 다 죽을 건데 부자면 뭐 해."

엄마가 보란 듯 수건에 생수를 부어 얼굴에 묻은 피를 닦아 냈다. 아빠는 눈썹을 찡그리며 말했다.

"바로 앞일도 모르는데 몇 주 뒤에 일어날 일을 어떻게 장담해? 정말 운석이 떨어져서 다 죽거나 아님 그런 일이 안 일어날지도 모르지."

"아빠, 그 가능성은 일 퍼센트도 안 된다고 TV에서 과학자들이 그랬어."

"TV, 과학자……. 제일 믿을 만하지만, 어쩌면 또 못 믿을 존재이기도 해. 혹시 그 일 퍼센트가 현실이 되어서 모두 살아남는다면? 그럼 그때는 미리 준비를 잘한 사람이 일 퍼센트가 되는 거지. 상위 일 퍼센트 말이야. 이건 우리

같은 사람들에게 하늘이, 아니 우주가 준 기회 야. 우리 아들을 위해서."

아빠는 고개를 한 번 끄덕이며 나와 눈을 맞 추었다. 아들을 위해서? 나는 나를 위한다는 말에 심장이 덜컹 내려앉았다. 왠지 불안한 생 각이 들었다. 지금껏 나를 위한다는 일이 즐거 웠던 적은 없었다.

아빠는 생수병을 수건으로 돌돌 말아서 배 낭에 넣었다. 그리고 화장실에 들어가 얼굴에 묻은 피를 수건으로 대충 닦았다. 말라 버린 피는 잘 지워지지 않았다. 전쟁터에 나가는 군 인처럼 얼굴에 얼룩이 생겼다. 아빠의 비장한 눈빛과 잘 어울렸다. 엄마가 생수로 닦아 주려 했지만, 금으로 어떻게 세수를 하냐며 아빠가

웃었다. 아빠는 피 묻은 윗옷을 갈아입고 생수
병이 든 배낭을 멨다.

"다녀올게. 좋은 소식 기다려."

"지금? 어딜 또 가려고?"

엄마가 막아섰다.

"아빠, 우리 가족 이젠 절대 떨어지지 않기
로 했잖아."

나는 아빠의 윗옷을 잡고 놓아주지 않았다.

"너도 아까 봤지? 지금 밖은 위험해. 금방 다
녀올 테니 조금만 기다려."

아빠의 억센 손이 내 손을 밀어냈다. 아빠는
문단속 잘 하라는 말을 남기고 집을 나섰다.
아빠가 나가 버린 집 안은 다시 차가운 어둠이
들어앉았다.

"19일 2시간 10분 남았습니다."

라디오에서 흘러나오는 카운트다운 소리였
다. 주파수를 돌리다 보면 들려오던 개인 방송
들이 하나둘 사라져 갔다. 음모론에 관한 얘기
가 또 흘러나왔다. 제발 그랬으면 하는 마음에
귀를 쫑긋 세웠다. 자꾸 말이 끊어져서 무슨
말인지 제대로 알아들을 수 없었다.

한참 만에 아빠가 돌아왔다.

"사, 사람들이…… 막…… 서로 막……."

아빠는 흥분해서 제대로 말도 하지 못했다.
아빠가 벗어 놓은 배낭 안에 나무토막처럼 빳
빳한 새 돈이 가득했다. 정말 생수 한 병이 엄
청난 가격으로 거래되고 있다고 아빠는 말했

다. 돈을 본 엄마는 무척이나 놀란 표정이었
다. 돈다발에서 눈을 떼지 못했다. 엄마는 서
둘러 돈을 이불 깊숙이 집어넣었고 아빠는 현
관문을 잠갔는지 재차 확인했다.

"누구에게도 절대 문 열어 주면 안 돼!"

아빠가 내 어깨를 꽉 잡고 말했다.

생수가 금값이었다. 방 안에 가득한 금을 지
키는 일은 이제 내 몫이 되었다.

아빠는 하루에 서너 번씩 집에 돌아왔다가
생수를 챙겨 나가길 반복했다. 생수를 담아 간
배낭은 현금이나 보석, 또는 금덩이로 채워져
돌아왔다. 아빠가 컵라면을 후루룩 몇 젓가락
만에 삼키고 다시 배낭을 멨다. 현관문을 나서

는 아빠를 엄마가 막아섰다.

"나도 같이 가. 둘이 뛰면 두 배야."

엄마는 모자를 눌러쓰고 생수병이 든 배낭을 멨다. 점점 쌓이는 재물을 보고 엄마의 마음도 조금씩 바뀌었다. 현관을 나서기 전 엄마 아빠가 나를 쳐다보았다. 함께 가자는 말도, 가지 말라는 말도 모두 소용없었다.

엄마 아빠가 나를 위해 최선을 다할수록 혼자 있는 시간이 길어졌다.

"14일 3시간 45분 남았습니다."

라디오의 친절은 계속되었다.

"쿵! 콰쾅!"

크고 작은 운석이 더 자주 떨어져 내렸다. 차
가운 바닥에 혼자 누워 땅이 흔들릴 때마다 몸
을 덜덜 떨었다. 가끔씩 밖에선 사람들이 고함
치거나 무언가를 부수는 소리가 들렸다. 무섭
고 외로웠다. 사람들이 가득하던 대피소가 떠
올랐다. 마지막을 가족과 함께 보낸다며 부러
워하던 김씨 아저씨는 잘 있을까? 시간은 얼
마 없는데 엄마 아빠는 이전보다 더 바빠졌다.
원망스럽다가도 다른 사람들에게 해를 입지
않을까 걱정도 되었다.

건전지를 바꾸지 않은 센서등이 깜박이다가
결국 꺼져 버렸다. 나는 어둠 속에서 라디오를
안고 벽으로 몸을 돌려 누웠다.

"치직 치지지직…… 내일은…… 무엇을 할지……
지지직."

중간중간 들려오는 라디오 소리가 귓가에
맴돌았다. '내일'이라는 말이 낯설었다. 마음
은 온통 마지막 날에 맞춰져 있었다. 매일 누
워만 있었다. 뭐라도 해야 할 것 같았다.

천천히 몸을 일으켰다. 더듬더듬 서랍을 뒤
져 건전지를 찾아냈다. 세 개의 건전지 중에
마지막 건전지를 센서등에 갈아 넣자 다시 불
이 들어왔다. 거실 책장을 뒤적였다. 먼지가
가득 쌓인 책들 중에 눈에 들어오는 책이 있었
다. 오래된 요리책이었다.

이제 엄마 아빠가 깨어 있는 모습을 볼 수

없었다. 눈뜨면 바로 배낭을 메고 나갔다. 작은 방의 생수병들이 비워질수록 깊숙이 감추던 현금과 금덩이는 방 이곳저곳에 나뒹굴었다. 밤마다 웃음 가득한 얼굴로 쌓인 현금을 세던 엄마는 이제 귀찮은 듯 한쪽에 던져 놓았다. 떨어진 낙엽을 쓸어 모은 것처럼 현금들이 방구석에 수북이 쌓였다.

"7일 0시간 0분 남았습니다."

라디오에서 정확히 일주일 남은 시간을 알렸다. 작은 방에 가득하던 생수병들은 4분의 1도 남지 않았다.

저녁때쯤 돌아온 엄마 아빠는 얼굴이 빨갛

게 달아올라 있었다. 엄청난 일이 있다며 흥분을 감추지 못했다.

"진짜 멋진 일이 있어. 기대해."

엄마 얼굴에 미소가 가득했다. 지금 이래도 되나 싶을 정도로 행복해 보였다.

"무슨 일인데? 좋은 일이야? 엄마, 그럼 오늘 저녁은 내가 준비……."

오늘은 함께 밥이라도 먹고 싶었다. 내 말은 들리지 않는 듯했다. 엄마 아빠는 남은 생수를 체크하고 바쁘게 집을 나섰다.

나는 다시 혼자 남겨졌다.

"똑! 똑!"

누군가 문을 두드렸다. 나간 지 얼마 안 된

엄마 아빠일 리 없다. 이 시간에 누가 집에 찾아온 건 처음이었다. 나는 긴장한 채 문에 귀를 가져다 댔다. 밖에서 아주 작고 여린 목소리가 들려왔다.

"지후야! 나야, 소미."

나는 놀라서 현관 문구멍을 확인했다. 어둠 속에 어렴풋 소미 얼굴이 보였다.

"소미야, 잠…… 잠깐만!"

나는 서둘러 이중 잠금장치를 풀었다. 그리고 못에 단단히 묶은 철사를 푸는 데 시간이 걸렸다. 혹시 소미가 가 버릴까? 마음이 급했다. 겨우 현관문을 열자 소미가 웃고 서 있었다.

"반…… 반가워!"

나는 머리를 긁적이며 인사를 건넸다. 소미

가 내게 가방을 내밀었다. 지난번 소미에게 준 내 가방이었다. 가방 안에는 빵이 가득했다. 그제야 소미네가 빵집을 한다는 게 떠올랐다. 소미에게서 빵을 받아 들었다.

"잠깐만 기다려."

그냥 돌려보낼 수 없었다. 서둘러 빵을 한쪽에 쏟아붓고, 작은 방에 있는 생수병을 다시 가방에 담았다.

"이거 가져가!"

현관문 앞으로 돌아와 소미에게 가방을 내밀었다. 그때 소미 뒤로 커다란 그림자가 나타났다.

"누…… 누구세……."

고개를 한참 들어 올려 빨간 눈과 마주쳤다.

소미 뒤에 덩치 큰 빨간 눈이 서 있었다. 나는 그대로 가방을 바닥에 떨어트렸다. 모자와 마스크로 얼굴을 가렸지만, 눈만 봐도 누군지 기억이 떠올랐다. 빨간 눈은 지하철역에서 양복 입은 노인과 실랑이를 벌였던 그 남자였다.

머리를 뒤로 묶은 남자는 소미와 나를 밀치고 작은 방으로 뛰어 들어갔다. "찌억, 쩍!" 신발이 방바닥을 짓누르며 바쁘게 움직였다. 남자는 한꺼번에 생수를 몇 팩씩 현관 밖으로 옮겼다. 몇 번을 그러는 동안 나는 꼼짝도 하지 못하고 벽에 붙어 있었다.

"아…… 아빠, 뭐 하는 거야?"

소미가 남자의 팔에 매달리며 소리쳤다.

"친구니까…… 빵 좀 가져다주라며? 여기

내 친구네 집이야.”

남자는 마지막까지 울부짖는 소미를 끌고 나갔다. 밖에서 차 소리가 들리고 집 안은 조용해졌다. 작은 방에는 짓밟힌 빵과 생수 두 팩만 남았다. 텅 빈 방은 훌쩍이는 내 울음소리로 가득 찼다.

엄마 아빠가 집에 돌아왔다.

“으아아아!”

작은 방을 보고 아빠가 울부짖었다.

“어떤 놈이야?”

아빠는 내 어깨를 잡고 마구 흔들었다. 아빠의 빨개진 눈이 덩치 큰 남자와 꼭 닮아 있었다. 엄마가 중간에 매달려 말려도 아빠는 계속

나를 흔들어 댔다. 왜 문을 열었냐고, 그것도 못 지키냐고 소리쳤다. 운석이 떨어질 때보다 세상이 더 흔들리고 무서웠다. 두려움에 머릿속이 아득해졌다.

정신을 차렸을 때, 집 안엔 무거운 침묵만 남아 있었다. 나만 바닥에 누워 있고, 엄마 아빠는 벽에 기대어 쪼그려 앉아 있었다.

"아파트를 여러 채 가진 사람을 만났어. 당장 필요한 걸 가지기 위해 아파트 하나쯤 아무것도 아니라더라. 생수만 그대로 있었다면……."

원망이 담긴 아빠의 말이 내게 쏟아졌다.

"조금만 더 버텼으면 그렇게 원하던 걸 얻을

수 있었는데……."

아빠가 자신의 머리를 손으로 때렸다. 엄마가 아빠를 말리며 껴안았다. 이내 흐느끼는 소리가 들려왔다. 아빠의 어깨가 들썩였다. 엄마가 품 안으로 아빠를 더 깊이 안아 주었다. 그 속에 나도 함께 끼고 싶었다. 하지만 왠지 거리가 너무 멀게 느껴졌다. 방바닥이 차갑다. 나는 벽을 향해 등을 돌리고 몸을 웅크렸다.

"대피소로 돌아가자!"

엄마가 먼저 말을 꺼냈다. 아무도 대답하지 않았다.

"아!"

갑자기 웅크리고 있던 아빠가 손바닥으로 바닥을 내리쳤다.

"대피소? 김씨! 그래. 대피소 김씨!"

아빠는 흥분한 나머지 방 안을 뛰어다니며 소리쳤다.

"언젠가 김씨 집에 놀러 갔을 때, 거기도 작은 방이 있었어."

"작은 방?"

엄마의 눈이 동그래졌다. 아빠는 급하게 창고를 뒤져 망치와 기다란 쇠막대기를 챙겨 들었다.

"지후야, 중요한 것들 가방에 챙겨. 서둘러."

아빠가 배낭을 내게 던져 주었다. 엄마는 돈과 금덩이들을 챙기느라 바빴다.

현관을 나서던 아빠가 뒤돌아 신발을 신고 거실 한가운데 섰다. 집 안을 천천히 둘러보고는 "고생했다."고 중얼거렸다. 그러고는 현관문을 활짝 열어 둔 채 집을 나섰다. 나는 다시 돌아가 현관문을 꼭 닫았다.

우리는 아빠의 배달 트럭을 타고 어딘가로 향했다. 밤하늘에는 셀 수 없을 만큼 많은 별 똥별이 무섭게 떨어져 내렸다. 엄마 아빠도 불안한 듯 자꾸 차창 너머를 올려다봤다.

좁은 골목을 가던 트럭이 멈춰 섰다. 아빠가 골목을 살폈다. 골목은 아무도 살지 않는 것처럼 조용했다. 아빠는 사람들이 없는 걸 확인하고, 재빠르게 빌라 계단을 뛰어 3층으로 올라갔다. 아빠의 손에는 망치와 긴 쇠막대기가 들려 있었다.

얼마 뒤, 요란하게 쇠 부딪히는 소리가 들렸다. 아빠는 남의 집 현관 자물쇠를 뜯어내고 들어갔다. 아빠가 능숙하게 자기 키 높이만큼 쌓아 올린 생수병을 메고 계단을 내려왔다. 김씨 아저씨네 작은 방에도 생수가 보관되어 있던 것이다. 엄마 아빠는 한동안 바쁘게 계단을 오르내렸다. 짐칸에 금방 생수가 쌓였다. 아빠는 다시 아저씨네 집 문을 잠그고 트럭으로 돌아왔다.

"아직 생수가 남았어. 또 필요할 거야."

트럭은 강변을 따라 도로를 달렸다. 중간중간 끊어진 도로를 돌고 돌아 어렵게 어딘가를 찾아갔다.

하늘을 보던 내 시선 안으로 아주 높은 아파

트가 들어왔다. TV에서 보던 강남의 고급 아파트. 아무나 살지 못한다는 곳이었다.

주차장으로 들어가는 입구를 문양이 고급스럽게 새겨진 대문이 막아섰다. 우리의 낡은 트럭은 그 앞에 덜덜거리며 멈춰 섰다. 아빠는 시계를 보고 안도의 한숨을 쉬었다. 누군가와 약속을 한 모양이었다. 아빠는 윗옷 안주머니에서 카드 같은 것을 꺼냈다. 카드를 든 손이 갈 곳을 잃고 단말기 여기저기를 헤매었다.

"띠디딕."

다행히 인식되었다. 짧은 전자음 뒤에 대문이 스르르 접히며 올라갔다.

지하 주차장은 대낮처럼 환했다. 오랜만에 보는 전등 불빛은 눈이 부시도록 아름답고 따

뜻했다. 눈앞에 펼쳐진 낯선 세계에 가슴이 두근거렸다. 엄마와 아빠의 얼굴도 벌게져서 들떠 있는 게 느껴졌다. 우리 트럭과는 어울리지 않는 차들이 많았다. 그래서 그 차들을 피해 구석에 주차했다. 그곳에서 누군가 우릴 기다리고 있었다. 아빠는 생수병들을 그 사람 차에 실어 주고, 서류 봉투와 카드를 받았다. 아빠가 서류 봉투를 가슴에 꼭 끌어안고 빠르게 걷기 시작했다.

엄마와 나는 아빠 뒤를 쫓아갔다. 아빠는 카드에 적힌 숫자를 찾아 고개를 바쁘게 움직였다. 그러고는 한참 만에 엘리베이터를 찾아냈다. 아빠는 49층 버튼을 눌렀다. "윙!" 작은 흔들림은 금방 사라지고 안내 모니터의 숫자가

빠르게 바뀌었다.

"아빠, 여긴 어떻게 전기가 들어와?"

긴장한 아빠는 내 목소리가 들리지 않는 것 같았다. 안내 모니터에 '자가발전 운행 중'이라는 문구가 빨간색으로 반짝였다.

엘리베이터 안에는 사방에 금색으로 장식한 거울이 달려 있었다. 거울 속에 아빠 엄마의 모습이 비쳤다.

우리는 그동안 금처럼 귀한 물을 쓰지 못했다. 어두운 곳에선 잘 보이지 않던 얼굴이 그대로 드러났다. 때로 얼룩진 얼굴은 낯선 곳에 대한 긴장과 벅찬 마음이 뒤엉켜 낯선 사람이 되어 있었다. 엄마 아빠는 거울 속에서 서로 눈이 마주치자 멋쩍은 듯 시선을 피했다. 고개를 어디로 돌려도 얼굴은 감춰지지 않았다.

다행히 금방 49층에 도착했다. 아빠는 조심스럽게 밖으로 한 발을 내디뎠다. 엄마와 나는 아빠 뒤에 딱 붙어서 쫓아 내렸다. 카드에 적힌 숫자를 확인하고 아빠가 현관 앞으로 다가가자 "철커덕." 문이 저절로 열렸다. 깜짝 놀라 뒤로 물러서던 아빠가 헛기침을 내뱉었다. 아빠는 천천히 손잡이를 당겨 문을 열려다 멈추었다. 그리고 말했다.

"며칠 만이라도 살아 보고 예고된 날에는 대피소로 가자."

아빠가 먼저 집 안으로 들어갔다. 엄마와 나는 망설이다가 발을 들였다. 입구부터 조명이

화려했다. 대리석 바닥은 조명을 거울처럼 비추었다. 뒤꿈치가 저절로 들리고, 발걸음은 구석을 쫓았다. 집 안에도 복도가 있었다. 복도를 지나자 거실이 보였다. 거실 끝은 아주 멀어서 한참을 걸어가야 도착할 것만 같았다. 여기가 상위 일 퍼센트가 산다는 그 아파트다. 빈집이라는데 TV, 냉장고, 세탁기, 침대 등 필요한 모든 게 갖춰져 있었다.

집 안 구석구석 돌아보는 것도 제법 시간이 걸렸다. 한참 만에 거실로 돌아온 아빠와 엄마는 배낭을 벗어 두고 대리석 바닥에 쓰러지듯 누웠다. 눈을 감고 있던 엄마가 소매로 슬그머니 눈물을 닦았다.

"엄마, 우리 밥 먹자! 내가 할게."

나는 부엌 식탁 위에 배낭을 올려놓았다. 그리고 배낭에서 라디오를 꺼냈다. 라디오에 빨간 김치 국물이 묻어 있었다. 배낭에 넣어 온 김치 통이 조금 샌 모양이었다. 김치의 쉰내가 확 올라왔다. 나는 쌀과 참치 캔을 서둘러 꺼냈다.

"중요한 거 챙기랬더니 이게 뭐야?"

엄마가 다가와 식탁 위에 물건들과 나를 번갈아 보았다.

"밥은 먹어야지! 나 혼자 있는 동안 요리책 보고 연습했어. 생각해 보니 그동안 엄마 아빠한테 뭔가 바라기만 했더라고. 오늘은 내가 맛있는 밥 만들어 줄게."

엄마가 내 머리를 쓰다듬었다. 어느새 다가온 아빠가 우리를 품에 꼭 안아 주었다. 그러

고는 긴 마라톤을 끝낸 듯 한숨을 길게 내쉬었
다. 나는 싱크대 수돗물을 틀었다.

"쿠르륵 큭큭."

쏟아지던 물이 금방 시끄러운 소리를 내며
멈췄다. 이곳도 물은 나오지 않았다. 그때 아
빠의 눈이 번쩍였다.

"여기도 물이 필요한 사람들이 많겠는데?"

아빠가 김씨 아저씨네 남겨 놓고 온 생수 얘
기를 꺼냈다. 시간이 얼마 남지 않았는데, 아
빠가 또다시 바빠질까 봐 두려웠다.

"아빠, 또 어디 가? 그냥 우리 세 식구 같이
밥 한 번 먹자고."

"운석이 지구를 빗겨 가서 일 퍼센트가 정말
현실이 된다면 말이야. 그때는 여기서 일 퍼센

트 부자로 살기 위한 준비가 더 필요해. 조금
만…… 아니 오늘까지만 참자."

　나는 다시 혼자가 되었다. 넓은 거실 창 쪽으
로 다가가 밖을 내다보았다. 높은 곳에서 보는
하늘은 더 넓었다. 아쉬운 건 평범한 날의 하
늘이 아닌 요란하고 무서운 하늘이라는 것이
었다. 잘 보이는 만큼 불안함도 더 커졌다.
　"쿠쿵!"
　그리 멀지 않은 곳에서 운석이 떨어지는 소
리가 들렸다. 곧 건물이 흔들거리는 게 온몸으
로 느껴졌다. 나는 떠나온 지 얼마 안 된 지하
방이 그리워졌다. 이대로 멍하니 있을 수 없었
다. 어렵게 불을 찾아냈다. 열선처럼 붉은 선

위에 냄비를 올리고 물을 넣어 끓였다. 김치와 참치를 넣어 김치찌개를 완성했다. 김치찌개의 구수한 냄새가 집 안을 가득 채웠다. 밥통에 밥도 했다.

"푸쉬쉭!"

수증기를 뿜어내며 밥이 익어 갔다. 넓은 식탁에 가족을 위한 밥상을 직접 차렸다. 뿌듯한 마음은 그리 오래가지 않았다.

김치찌개가 다 식어 가도록 엄마와 아빠는 돌아오지 않았다. 멍하니 라디오를 품에 안고 거실 바닥에 누웠다. 라디오 주파수를 바꿔 가며 아무 생각 없이 커다란 창 너머 밤하늘을 바라봤다. 어! 하늘은 이상하리만큼 조용해졌다. 쏟아지던 별똥별들이 모두 사라졌다. 습관적으로 돌려 대던 주파수에 다급한 목소리가 잡혔다.

"치지직…… 정부의 발표와 전혀 다른 일이……."

라디오는 지하 방보다 훨씬 더 잘 들렸다.

"수치의 오류인지…… 치지직…… 곧 운석이 태평양에 떨어질 것 같습니다. 지지직…… 예정보다 일주일이나 빠른 시간입니다. 운석의 후폭풍은 금방……."

깜짝 놀라 창가로 다가갔다. 아주 먼 하늘에 굵고 선명한 선 하나가 하늘을 반쪽으로 가르며 떨어져 내리고 있었다. 지금까지 보던 별똥별과는 차원이 달랐다. 굵은 빛줄기는 태양처럼 지평선 너머로 한순간 사라져 갔다. 조금 뒤 같은 곳에서 거대한 불꽃놀이가 펼쳐졌다. 빛은 하늘 전체로 환하게 번져 가며 어둠을 쫓아냈다. 불길함에 가슴이 철렁 내려앉았다. 여기서 마냥 기다리고 있을 수는 없었다.

"모두 행운이 함께하길……."

손에서 떨어진 라디오가 쿠당탕탕! 대리석 바닥에 부서져 뒹굴었다. 현관문으로 달려가 문을 여는 순간 아파트가 부르르 흔들렸다. 미세한 떨림은 점점 조금씩 선명해졌다. 기다릴

시간이 없었다. 엄마와 아빠가 있는 곳으로 가
야 했다. 엘리베이터에 올라타 1층을 눌렀다.

"19층…… 18층…… 17층…….."

엘리베이터는 더디기만 했다.

"8…… 7…… 6…… 5."

진동은 더 심해졌다.

"3…… 2……."

"1."

엘리베이터 유리창 밖으로 엄마와 아빠가
보였다.

"땡!"

문이 열렸다.
나는 손을 뻗었…….

하얀 빛.

.

우리는 인공지능 시대에 산다. 그만큼 사람들도 똑똑해졌다. 계산은 예전과는 비교도 할 수 없을 만큼 빠르고 정확하다. 개인의 삶도 숫자로 치부된다. 얻고 잃음, 가진 것과 가지고 싶은 것이 숫자로 쉽게 정리된다.

문제는 타인의 숫자와 비교하면서부터 시작된다. 1등, 100평, 상위 1퍼센트, 100퍼센트 달성, 10억……, 내가 가진 숫자에 때론 기뻐하고, 때론 깊은 절망에 빠지게 되는 이유다. 힘겹게 목표를 이뤄 숫자를 거머쥔 사람은 더 높은 곳에 있는 타인의 숫자를 꿈꾼다. 무한대 숫자처럼 욕심은 멈추지 않고

끝없이 계속 반복된다.

수많은 정보가 쏟아지고, 또 쉽게 공유된다. 비교의 대상은 내가 가지지 못한 것과 처음 보는 것을 누리는 극소수 사람들에 맞춰진다. 그들처럼 살아야만 행복할 것 같다. 그들에 포함되지 않는 대부분의 사람들은 의문의 패배감을 안고 살아간다.

사실 이건 모두 내 얘기다. 똑똑한 척, 아닌 척하지만, 얻는 것보다 잃는 것이 많다는 것을 알면서도 숫자의 굴레에서 빠져나오지 못한다. 진짜 똑똑한 삶이 무엇인지 다시 생각해 보게 되는 요즘이다. 숫자가 아니라 사람에게 눈을 맞출 수 있는 용기가 필요한 시대이다.

김태호

사계절 청소년문학 유튜브 호호책방
『일 퍼센트』편 보기

일 퍼센트

2021년 7월 15일 1판 1쇄
2024년 6월 15일 1판 5쇄

글	그림	
김태호	최지수	

편집		디자인
김태희 장슬기 이은 김아름 이효진		김효진

제작	마케팅	홍보
박홍기	이병규 김수진 강효원	조민희

인쇄	제책	
천일문화사	J&D바인텍	

펴낸이	펴낸곳	등록
강맑실	(주)사계절출판사	제406-2003-034호

주소		전화
(우)10881 경기도 파주시 회동길 252		031)955-8588, 8558

전송	
마케팅부 031)955-8595, 편집부 031)955-8596	

홈페이지	전자우편
www.sakyejul.net	literature@sakyejul.com

ⓒ 김태호 2021

ISBN 979-11-6094-740-3 44810
ISBN 979-11-6094-736-6 (세트)